1

Verse zum Advent

Noch ist Herbst nicht ganz entflohn,
aber als Knecht Ruprecht schon
kommt der Winter hergeschritten,
und alsbald aus Schnees Mitten
klingt des Schlittenglöckleins Ton.

Und was jüngst noch, fern und nah,
bunt auf uns herniedersah,
weiß sind Türme, Dächer, Zweige,
und das Jahr geht auf die Neige,
und das schönste Fest ist da.

Tag du der Geburt des Herrn,
heute bist du uns noch fern,
aber Tannen, Engel, Fahnen
lassen uns den Tag schon ahnen,
und wir sehen schon den Stern.

Theodor Fontane

Stall gezerrt. Nur widerwillig ließ er die Mutter mit ihrem Kind aufsitzen. Jeden Schritt mussten sie ihm abringen, und als er in der Nähe einen Soldaten sah, begann er laut zu schreien, damit dieser ihn bemerken musste. Doch so laut er auch schrie, hörte ihn seltsamerweise niemand.

So kamen sie auf den Weg nach Ägypten. Asinello kannte den Weg. Er führte durch eine riesige Wüste. Irgendwann würden die Leute schon absteigen, um zu rasten. Er würde dann die erste Gelegenheit zur Flucht nutzen. Sollten die doch sehen, wie sie alleine zurechtkamen in der Wüste. Dieses Lumpenpack hatte seine Hilfe doch gar nicht verdient, wo sie ihn doch gestohlen und entführt hatten, und was noch viel schlimmer war: Sie hatten die Könige so von ihm abgelenkt, dass sich seine Weissagung nun sicher nicht mehr erfüllen würde.

Während Asinello seinen bitteren Gedanken nachhing, spürte er plötzlich eine Hand, die seinen Hals streichelte. Er blickte sich um und sah das Gesicht des Kindes, das aus den Falten der warmen Decken herausgriff, um ihn zu streicheln. Noch nie hatte Asinello so strahlende Augen gesehen. Da begriff er endlich.

„Ja, Herr", sagte er, „ich bin bereit für dich", und setzte seinen Weg freudig fort

Verfasser:in unbekannt

Frohe Weihnachten und ein glückliches neues Jahr!

Es gibt Leute, die dir sagen werden, dass Weihnachten auch nicht mehr das ist, was es einmal war.
Höre nicht auf sie. Es gibt wenige, die alt geworden sind auf dieser Erde, die nicht an jedem beliebigen Tag im Jahr solche Gedanken wachrufen können.
Aber suche dir doch für deine trostlosen Erinnerungen nicht eben den fröhlichsten unserer 365 Tage aus. Rücke lieber deinen Stuhl näher an das flackernde Feuer, fülle dein Glas, stimme ein Lied an und sei dankbar, dass alles nicht noch schlimmer ist. Denke nach über den Segen, der dir reichlich zuteil wurde – und er ist bei keinem gering –, und nicht über vergangenes Missgeschick, das jedem widerfährt. Fülle dein Glas abermals, mit fröhlichem Gesicht und zufriedenem Herzen.

Dein Weihnachten soll ein fröhliches und dein neues Jahr ein glückliches sein!

Charles Dickens

Was würden Sie tun?

Was würden Sie tun, wenn Sie das
neue Jahr regieren könnten?
Ich würde vor Aufregung wahrscheinlich
die ersten Nächte schlaflos verbringen
und darauf tagelang ängstlich und kleinlich
ganz dumme, selbstsüchtige Pläne schwingen.
Dann – hoffentlich – aber laut lachen
und endlich den lieben Gott abends leise
bitten, doch wieder nach seiner Weise
das neue Jahr göttlich selber zu machen.

Joachim Ringelnatz

2

„Vielleicht ist's hier so ähnlich wie im Häuschen der Hänsel-und-Gretel-Hexe", meinte der Spiegelschrank. „Die Hexe, die in mir steht, wird die Scheiben in Zucker verwandelt haben."
Bei dem Wort „Zucker" machte die kleine schwarze Fliege, die auch mit in der Stube wohnte, sich schleunigst auf den Weg. Aber ganz enttäuscht kam sie bald zurückgeflogen. „Nein – es ist kein Zucker", sagte sie. „Es schmeckt auch nicht ein bisschen süß! Aber so rau ist's wie Zucker, das ist wahr."
„Ich glaube, dass es Blumen sind", sagte das Gießkännchen. Das Ofenrohr, das immer gleich ein bisschen oben hinaus war, sagte zwar: „Ach – schwätzen Sie doch kein Blech!" Aber alle anderen in der Stube gaben dem kleinen Gießkännchen recht.
Ja – wer hatte diese seltsamen schneeweißen Blumen aber nur so in aller Herrgottsfrühe ans Fenster gezaubert? Die Möbel hätten es gar zu gerne gewusst! Aber das Fenster – das einzige, das doch darüber hätte Auskunft geben können –, das war ganz starr und stumm, man wusste nicht, war es das vor lauter Entzücken oder hatte es jemand mit den weißen Blumen gleich mitverzaubert.
Horch – da klang plötzlich von der Straße her ein Lied:

„Der Winter hat heut über Nacht
viel Blumen mitgebracht.
Eisblumen sind's, Eisblumen sind's –
habt ihr's euch nicht gedacht?

'ne ganze Ladung kam heut früh
direkt vom Nordpol an,
ganz frisch gepflückt, ganz frisch gepflückt,
wie man gleich sehen kann.

Der Winter streut im Sonnenschein
vor jedes Fenster sie.
Oooh – wundern sich die Leut da
und staunen! Hui hihi ..."

Sophie Reinheimer

Eisblumen

Nun war draußen nirgendwo mehr eine bunte Blume zu sehen, die Beete im Garten waren mit Tannenzweigen zugedeckt, die Rosenstöcke hatten eine warme Strohkapuze über den Kopf bekommen, und auch die Blumenstöcke vorm Fenster waren verwelkt, und man hatte sie fortgenommen.

„Schade", sagte das Sofa, das so recht behaglich hinter dem großen Esstisch in der Stube stand und gerade auf das Fenster sehen konnte. „Es war so hübsch, wenn die Blumen uns zunickten und uns erzählten, was draußen auf der Straße vor sich ging." Die anderen Möbel fanden das auch. Der Tisch meinte zwar, man solle nicht klagen, denn jetzt fange die gemütliche Zeit für die Stube eigentlich erst an! Im Sommer liefen die Menschen alle fort – hinaus in Garten, Wald und Feld. Im Winter aber blieben sie hübsch in der Stube zusammen, erzählten sich was oder lasen sich was vor, und so hörten sie – die Möbel – doch eigentlich noch mehr als von den Blumen.

Das war wahr. Aber – schöner hatte die Stube doch mit den Blumen ausgesehen, das war ganz sicher.

Nun hört, was ein paar Wochen später eines Morgens den Möbeln für eine große Überraschung aufblühte:

Es war bitterkalt draußen, und auch in der Stube war es in der Nacht so kalt geworden, dass die Möbel die Betten in der Schlafstube beneideten, die sich so schön mit warmen Federkissen zudecken durften. Da – als der Schrank eben aus dem Schlaf erwachte, tat er vor Verwunderung einen lauten Knacks. Die anderen Möbel wachten alle davon auf, und was sahen sie? Das ganze Fenster war von oben bis unten mit einer schneeweißen, glitzernden Kruste bedeckt. Es war kein gewöhnliches, glattes Eis. Ganz sonderbare Gebilde waren darauf zu sehn – wie Blumen, Blätter, Stiele, aber alles ganz durcheinander – manchmal schwer zu erkennen.

„Was ist das nur?", fragte ganz leise das Sofa. Es war ganz benommen von der weißen Glitzerherrlichkeit. „Ist der Glaser vielleicht heute Nacht da gewesen und hat heimlich andere Scheiben eingesetzt?"

MB

3

Weihnachtslied

Vom Himmel in die tiefsten Klüfte
ein milder Stern herniederlacht;
vom Tannenwalde steigen Düfte
und hauchen durch die Winterlüfte,
und kerzenhelle wird die Nacht.

Mir ist das Herz so froh erschrocken,
das ist die liebe Weihnachtszeit!
Ich höre fernher Kirchenglocken
mich lieblich, heimatlich verlocken
in märchenstille Herrlichkeit.

Ein frommer Zauber hält mich wieder,
anbetend, staunend muss ich stehn;
es sinkt auf meine Augenlider
ein goldner Kindertraum hernieder,
ich fühl's, ein Wunder ist geschehn.

Theodor Storm

Wenn es Winter wird

Der See hat eine Haut bekommen,
sodass man fast drauf gehen kann,
und kommt ein großer Fisch geschwommen,
so stößt er mit der Nase an.
Und nimmst du einen Kieselstein
und wirfst ihn drauf, so macht es klirr
und titscher – titscher – titscher – dirr ...
Heißa, du lustiger Kieselstein!
Er zwitschert wie ein Vögelein
und tut als wie ein Schwälblein fliegen –
doch endlich bleibt mein Kieselstein
ganz weit, ganz weit auf dem See draußen liegen.
Da kommen die Fische haufenweis
und schaun durch das klare Fenster von Eis
und denken, der Stein wär etwas zum Essen;
doch sosehr sie die Nase ans Eis auch pressen,
das Eis ist zu dick, das Eis ist zu alt,
sie machen sich nur die Nasen kalt.
Aber bald, aber bald
werden wir selbst auf eignen Sohlen
hinausgehn können und den Stein wiederholen.

Christian Morgenstern

MB

Am Barbaratag (4. Dezember) wird auf dem Lande in der Regel ein gesunder Kirschbaumzweig in ein Wassergefäß gestellt. Dieser Zweig wird mit Marzipan verziert. Derselbe schlägt allmählich aus und wenn er zwischen Weihnachten und den Heiligen Drei Königen blüht, so soll es ein gutes Jahr geben.

Eduard Paulus d. J.

Das Schneeglöckchen

Es war einst ein langer, kalter Winter und der Schnee wollte nicht schwinden. Unter der weißen Decke harrten ein paar Blumenkeime auf ein freundliches Augenzwinkern des Frühlings. Da ihnen die Zeit lang wurde, sprach einer zum anderen: „Horch, Brüderlein, ich möchte es versuchen, wie es draußen aussieht!"
Da sagte der andere: „Probier's, ich komme mit."
Also haben sie die Keimblätter hübsch zugespitzt, dass sie scharf wurden wie Pfeile und durch den Schnee schießen konnten. Dann versuchten sie's. Hat es sie auch nicht wenig gefroren bei der kalten Arbeit, so gelang es ihnen doch, und nach wenigen Stunden waren sie mit ihren Köpflein ans Tageslicht emporgedrungen. Der Schnee hatte ihnen alle Farbe weggeleckt und sie waren weiß wie Leinen.
„Macht nichts!", sprach eines zum andern, und keines ließ sich seine Freude verderben. Darauf wiegten sie lustig die Krone hin und her, dass die Staubfäden wie Hämmerchen an die Wände schlugen und ein feiner Klang den Wald durchdrang.
Das hörte der Winter und dachte sich: „Wird schon der Frühling eingeläutet? Jetzt ist es Zeit, dass du dich aus dem Staube machst. Dem jungen, leichtfertigen Kerl will ich aus dem Wege gehen; ich mag ihn nicht leiden!"
Da zog er seinen langen, weißen Schneemantel an und trollte sich seiner Wege. Der Frühling aber lauschte bereits hinter den Hecken, und als er vortrat, galt sein erster Gruß den beiden Blumen, und er gab ihnen von nun an den Namen „Schneeglöckchen", weil sie den Schnee weggeläutet hatten.

Anton Forsteneichner

4

5

Fichten, Lametta, Kugeln und Lichter,
Bratapfelduft und frohe Gesichter,
Freude am Schenken –
das Herz wird so weit.
Ich wünsch allen:
eine fröhliche Weihnachtszeit.

Volksgut

Das Christbäumchen

Die Bäume stritten einmal miteinander, wer von ihnen der vornehmste wäre. Da trat die Eiche vor und sagte: „Seht mich an! Ich bin hoch und dick und habe viele Äste und meine Zweige sind reich an Blättern und Früchten."
„Früchte hast du wohl", sagte der Pfirsichbaum, „allein es sind nur Früchte für die Schweine; die Menschen mögen nichts davon wissen. Aber ich, ich liefere die rotbackigen Pfirsiche auf die Tafel des Königs."
„Das hilft nicht viel", sagte der Apfelbaum, „von deinen Pfirsichen werden nur wenige Leute satt. Auch halten sie sich nur kurze Zeit; dann werden sie faul und niemand kann sie mehr brauchen. Da bin ich ein anderer Baum. Ich trage alle Jahre Körbe voll Äpfel, die brauchen sich nicht zu schämen, wenn sie auf eine vornehme Tafel gesetzt werden. Sie machen auch die Armen satt. Man kann sie den ganzen Winter im Keller aufbewahren oder im Ofen dörren oder Most daraus keltern. Ich bin der nützlichste Baum!"
„Das bildest du dir nur ein", sagte die Fichte, „aber du irrst dich. Mit meinem Holz baut man die Häuser und heizt man die Öfen. Mich schneidet man zu Brettern und macht Tische, Stühle, Schränke, ja sogar Schiffe daraus. Dazu bin ich im Winter nicht so kahl wie ihr: Ich bin das ganze Jahr hindurch schön grün. Auch habe ich noch einen Vorzug: Wenn es Weihnachten wird, dann kommt das Christkindchen und hängt goldene Nüsse und Äpfel an meine Zweige. Über mich freuen sich die Kinder am allermeisten. Ist das nicht wahr?"
Dem konnten die anderen Bäume nicht widersprechen.

Wilhelm Curtman

6

sich, dass ihre Ladung nicht an Gewicht verloren hatte. Und tatsächlich fehlte beim Abwiegen kein einiges Körnchen. Die Nachricht von dem Ereignis verbreitete sich schnell in ganz Kleinasien und weit darüber hinaus.
Bis heute kann man deswegen in zahlreichen Kirchen – vor allem in den Hafenstädten – Bilder von diesem Wunder bestaunen.

Legende

Die Liebe soll die Welt regieren
und Weihnacht zeigt, dass sie's vermag.

Louise Otto Peters

Der Heilige Nikolaus

Vor sehr langer Zeit, um das Jahr 270, wurde in Kleinasien, in der Stadt Patara, ein Kind mit dem Namen Nikolaus geboren.
Der Junge wuchs in einer sehr reichen, liebevollen Familie auf, und als seine Eltern an einer Krankheit starben, hinterließen sie ihm ein großes Vermögen: Gold, Silber, Edelsteine, Ländereien, Paläste und Pferde. Vor lauter Trauer wusste Nikolaus jedoch nichts mit seinem Reichtum anzufangen. Und daher begann er, sein Hab und Gut mit den Armen der Stadt zu teilen. So hörte er einmal von einem armen Mann und seinen drei Töchtern, die überhaupt kein Geld besaßen. Aus Liebe zu ihren Schwestern bot das älteste Mädchen an, das Haus zu verlassen und als Dienstmagd zu arbeiten, damit wenigstens ihre beiden Schwestern genug Geld zum Überleben hätten. Nikolaus erfuhr von diesem selbstlosen Angebot und schlich sich nachts zu dem Haus der Familie. Dort angekommen, warf er ein Säckchen voll Gold durch ein offenes Fenster. Als der Vater das Geschenk am nächsten Morgen auf dem Boden liegen sah, strahlte er vor Freude – denn nun konnte die Familie zusammenbleiben!
Diese gute Tat ist der Grund dafür, dass viele Menschen bis heute in der Nacht zum Nikolaustag Socken an den Kamin hängen oder Schuhe vor die Tür stellen – und am frühen Morgen darin zwar kein Gold, dafür aber Nüsse, Mandarinen und andere Kleinigkeiten finden.
Der Heilige Nikolaus ist der Schutzpatron der Kinder, aber auch der Kaufleute und Seefahrer. Als während einer großen Hungersnot die Nachricht verbreitet wurde, es lägen drei mit Weizen beladene Schiffe des Kaisers im Hafen der Stadt Myra vor Anker, bat Nikolaus die Seeleute, einen Teil des Getreides abzuladen und den Hungernden zu schenken. Die aber weigerten sich, denn sie hatten Angst, dass der Kaiser es bemerken würde – schließlich war das Getreide genau abgewogen. Doch Nikolaus sagte ihnen: „Alles wird gut! Tut, was ich euch sage, und vertraut auf Gott!" Und tatsächlich gaben die Matrosen ihm das gewünschte Getreide. Nikolaus verteilte es in der Stadt und auf dem Land an die Hungernden. In der Zwischenzeit setzten die Seefahrer ihre Reise fort und wunderten

7

Weihnachten

Jedes Mal, wenn zwei Menschen einander verzeihen,
ist Weihnachten.
Jedes Mal, wenn ihr einem Menschen helft,
ist Weihnachten.
Jedes Mal, wenn jemand beschließt, ehrlich zu leben,
ist Weihnachten.
Jedes Mal, wenn ein Kind geboren wird,
ist Weihnachten.
edes Mal, wenn du versuchst, deinem Leben einen Sinn zu geben,
ist Weihnachten.
Jedes Mal, wenn ihr einander anseht mit den Augen des Herzens,
mit einem Lächeln auf den Lippen,
ist Weihnachten.
Denn es ist geboren die Liebe.
Denn es ist geboren der Friede.
Denn es ist geboren die Gerechtigkeit.
Denn es ist geboren die Hoffnung.
Denn es ist geboren die Freude.
Denn es ist geboren das Licht in der Welt.

Aus Brasilien

Sterntaler

Es war einmal ein kleines Mädchen, dem waren Vater und Mutter gestorben und es war so arm, dass es kein Kämmerchen mehr hatte, darin zu wohnen, und kein Bettchen mehr hatte, darin zu schlafen, und endlich gar nichts mehr als die Kleider auf dem Leib und ein Stückchen Brot in der Hand, das ihm ein mitleidiges Herz geschenkt hatte. Es war aber gut und fromm. Und weil es so von aller Welt verlassen war, ging es im Vertrauen auf den lieben Gott hinaus ins Feld.
Da begegnete ihm ein armer Mann, der sprach: „Ach, gib mir etwas zu essen, ich bin so hungrig."
Das Mädchen reichte ihm das ganze Stückchen Brot, sagte: „Gott segne dir's" und ging weiter.
Da kam ein Kind, das jammerte und sprach: „Es friert mich so an meinem Kopf, schenk mir etwas, womit ich ihn bedecken kann."
Da tat es seine Mütze ab und gab sie ihm. Und als es noch eine Weile gegangen war, kam wieder ein Kind und hatte kein Leibchen an und fror: Da gab es ihm seins. Und noch weiter, da bat eins um ein Röcklein, das gab es auch von sich hin.
Endlich gelangte es in einen Wald, und es war schon dunkel geworden, da kam noch eins und bat um ein Hemdlein, und das fromme Mädchen dachte: „Es ist dunkle Nacht, da sieht dich niemand, du kannst wohl dein Hemd weggeben" und zog das Hemd aus und gab es auch noch hin.
Und wie es so stand und gar nichts mehr hatte, fielen auf einmal die Sterne vom Himmel und waren lauter blanke Taler; und ob es gleich sein Hemdlein weggegeben, so hatte es ein neues an, und das war vom allerfeinsten Linnen.
Da sammelte es sich die Taler hinein und war reich für seinen Lebtag.

Brüder Grimm

MB

8

„Wisst, Kinder, die Englein schneidern
im Himmel jetzt früh und spät.
An Puppendecken und Kleidern
wird auf Weihnachten genäht.

Da fällt von Säckchen und Röckchen
manch silberner Flitter beiseit,
vom Bettchen manch Federflöckchen.
Auf Erden sagt man: Es schneit!

Und seid ihr recht lieb und vernünftig,
ist manches für euch auch bestellt.
Wer weiß, was Schönes euch künftig
vom Tische der Englein fällt!"

Die Mutter spricht's. Vor Entzücken
den Kleinen das Herze da lacht.
Sie träumen mit seligen Blicken
hinaus in die zaubrische Nacht.

Karl Gerok

Erwartung

Die Kindlein sitzen im Zimmer –
Weihnachten ist nicht mehr weit –
bei traulichem Lampenschimmer
und jubeln: „Es schneit! Es schneit!“

Das leichte Flockengewimmel,
es schwebt durch die dämmernde Nacht
herunter vom hohen Himmel,
vorüber am Fenster sacht.

Und wo ein Flöckchen im Tanze
den Scheiben vorüberschweift,
da flimmert’s in silbernem Glanze,
vom Lichte der Lampe bestreift.

Die Kindlein sehn’s mit Frohlocken.
Sie drängen ans Fenster sich dicht.
Sie verfolgen die silbernen Flocken …
Die Mutter lächelt – und spricht:

MB

9

Aus lauter Wut, weil er die Glocke nicht mitnehmen konnte, mussten die Soldaten die Glocke mit großen Hämmern zerschlagen, in viele tausend Stücke – dann fuhren sie davon und ließen die traurigen Dorfbewohner zurück.
Als wieder Weihnachten wurde, stand der Bauer morgens auf und wollte zuerst zum Glockenscherbenhaufen gehen. Da sah er, schon ein wenig vom Schnee zugedeckt, statt der Scherben viele tausend wunderschöne, kleine, glänzende Glöckchen. Die Nachbarn halfen ihm, sie aufzulesen und sie an alle zu verteilen.
Für dich ist auch eine dabei.
Häng sie da auf, wo du sie am nötigsten hast; übers Bett, am Hals ...
Und immer, wenn du's brauchst, läute daran.

Weihnachtsmärchen aus Russland

Die Weihnachtsglocke

Vor vielen, vielen Jahren, da war einst in Russland ein Bauer vor der Weihnacht traurig und ratlos.

Er hätte gerne seiner Frau, seinem Kind und allen Nachbarn am Heiligen Abend etwas Gutes getan, aber was sollte es da in dieser Zeit schon geben; es ist ihm beim besten Willen nichts eingefallen.

Wie er so überlegte – während er auf dem Feld arbeitete –, da stieß er im Boden auf einen eisernen Ring. Er wunderte sich, holte ein Seil, zog es durch den Ring, spannte seinen Ochsen davor und staunte nicht schlecht: Der Ochse zog eine riesengroße Glocke aus dem Boden. So einfach, als ob es nur eine Rübe gewesen wäre.

Niemand wusste, wie die Glocke in den Acker gekommen war. „Es muss ein Wunder gewesen sein", meinten die Leute aus dem Dorf. In den nächsten Tagen haben alle Leute aus der Gegend einen Turm aus Holz gebaut, und die Zeit langte gerade so bis zum Heiligen Abend.

Zum ersten Mal hat sie an Weihnachten geläutet. Allen Menschen, die sie hörten, ist es ganz merkwürdig geworden.

Der traurig war, den überkam Mut; der Kummer hatte, konnte ihn vergessen; der einsam war, bekam Besuch; die Kranken vergaßen ihre Schmerzen und die Armen fanden plötzlich noch etwas zu essen.

Von da an läutete die Glocke an jedem Feiertag, und immer – wie das erste Mal – haben die Menschen Hoffnung geschöpft.

Von dem Gerücht von der wunderbaren Glocke hörte übers Jahr der Zar in Moskau.

„Die Glocke kommt auf mein Schloss", befahl er und brach mit seinen Reitern zu dem Dorf auf. Alles Bitten der Bauern half nichts. „Ich will es so, ich bin der Zar, die Glocke ist für euch viel zu gut", befahl der Zar. Vom Turm herunter holte man sie mit einem Seil. Wie sie aber aufgeladen war, rührte sich der Wagen nicht mehr von der Stelle. Alle Ochsen und Rösser ließ er anspannen, der Zar; sogar die Soldaten ließ er ziehen – es nutzte alles nichts.

MB

10

Christbaumnüsse

Kehrt der Weihnachtsabend wieder,
friedvoll und verheißungshold,
schmückt man viele taube Nüsse
festlich mit dem Flittergold.

Und die goldnen Nüsse leuchten
herrlich in dem Lichtermeer,
wundersame Märchenfrüchte –
innen aber sind sie leer.

Und wie reich die schönen schimmern
so von außen, so von fern,
höher wären sie zu schätzen,
bärgen sie den süßen Kern:

Dienten sie nicht bloß den Träumen
eine Stunde oder zwei,
gäben sie auch brav zu zehren,
wenn das Friedensfest vorbei.

Hanns von Gumppenberg

Nussknacker

Nussknacker, du machst ein grimmig Gesicht –
ich aber, ich fürchte vor dir mich nicht;
ich weiß, du meinst es gut mit mir,
drum bring ich meine Nüsse dir.

Ich weiß, du bist ein Meister im Knacken:
Du kannst mit deinen dicken Backen
gar hübsch die harten Nüsse packen
und weißt sie vortrefflich aufzuknacken.

Nussknacker, drum bitt ich, bitt ich dich,
hast bessere Zähn als ich, Zähn als ich,
o knacke nur, knacke nur immerzu!
Ich will dir zu Ehren
die Kerne verzehren.

O knacke nur, knack knack knack! Immerzu!
Ei, welch ein braver Kerl bist du!

Hoffmann von Fallersleben

11

Meldung herein, dass er es auf der Jachenauer Seite oder hinter Ochsensitzer habe fliegen sehen. In klaren Nächten musste man bloß vor die Türe gehen, dann hörte man vom Walde herüber ein feines Klingeln und sah in den Büschen ein Licht aufblitzen. Da röteten sich die Backen vor Aufregung und die Augen blitzten vor freudiger Erwartung.

Je näher aber der Heilige Abend kam, desto näher kam auch das Christkind ans Haus, ein Licht huschte an den Fenstern des Schlafzimmers vorüber und es klang wie von leise gerüttelten Schlittenschellen. Da setzten wir uns in den Betten auf und schauten sehnsüchtig ins Dunkel hinaus; die großen Kinder aber, die unten standen und auf einer Stange Lichter befestigt hatten, der Jagdgehilfe Bauer und sein Oberförster, freuten sich kaum weniger. Es gab natürlich in den kleinen Verhältnissen kein Übermaß an Geschenken, aber was gegeben wurde, war mit aufmerksamer Beachtung eines Wunsches gewählt und erregte Freude.

Als meine Mutter an einem Morgen nach der Bescherung ins Zimmer trat, wo der Christbaum stand, sah sie mich stolz mit meinem Säbel herumspazieren, aber ebenso frohbewegt schritt mein Vater im Hemde auf und ab und hatte den neuen Werderstutzen umgehängt, den ihm das Christkind gebracht hatte.

Wenn der Weg offen war, fuhren meine Eltern nach den Feiertagen auf kurze Zeit zu den Verwandten nach Ammergau. Ich mag an die fünf Jahre gewesen sein, als ich zum ersten Male mitkommen durfte, und wie der Schlitten die Höhe oberhalb Wallgau erreichte, von wo aus sich der Blick auf das Dorf öffnete, war ich außer mir vor Erstaunen über die vielen Häuser, die Dach an Dach nebeneinanderstanden. Für mich hatte es bis dahin bloß drei Häuser in der Welt gegeben.

Ludwig Thoma

Gibt es ein herrlicheres Vergnügen als zuzuschauen, wie sich alle Menschen an einem Festtag freuen und ihre Herzen an dem Strahl der Fröhlichkeit erwärmen, der rasch, aber lebhaft durch die dunklen Wolken des Lebens bricht?

Jean-Jacques Rousseau

Christkindl-Ahnung im Advent

Erleben eigentlich Stadtkinder Weihnachtsfreuden? Erlebt man sie heute noch? Ich will es allen wünschen, aber ich kann es nicht glauben, dass das Fest in der Stadt mit ihren Straßen und engen Gassen das sein kann, was es uns Kindern im Walde gewesen ist.

Der erste Schnee erregte schon liebliche Ahnungen, die bald verstärkt wurden, wenn es im Haus nach Pfeffernüssen, Makronen und Kaffeekuchen zu riechen begann, wenn am langen Tische der Herr Oberförster und seine Jäger mit den Marzipanmodeln ganz zahme, häusliche Dinge verrichteten, wenn an den langen Abenden sich das wohlige Gefühl der Zusammengehörigkeit auf dieser Insel, die Tag und Tag stiller wurde, verbreitete.

In die Stadt kam das Christkind nur einmal, aber in der Riß wurde es schon Wochen vorher im Walde gesehen, bald kam der, bald jener Jagdgehilfe mit der

12

In der Essstube ist großes Kuchenbacken. Unsere Mutter und die Mädchen stehen mit aufgekrempelten Ärmeln. Sie rollen weißen und braunen Kuchenteig aus, der in großen Steintöpfen um den Ofen herumsteht. Große schwarze Platten stehen bereit, die verschieden geformten Kuchen aufzunehmen, die dann von den Mädchen zum Bäcker getragen werden.
Auch wir Kinder haben unseren Teil bekommen. Wir stehen an unserem kleinen Kindertisch, ein weißes Nachthemd über unsere Kleider, ein gezipfeltes Taschentuch auf dem Kopf. Jedes von uns hat ein Klümpchen weißen und braunen Kuchenteig vor sich, der bald unter unseren geschäftigen kleinen Händen in die wunderbarsten Dinge gewandelt wird. Die Tür öffnet sich, und unser Vater tritt mit dem freundlichsten Leuchten seiner blauen Poetenaugen ins Zimmer.
„Ihr seid ja alle gewaltig in der Fahrt", neckt er und bewundert unsere herrlichen Schöpfungen, von denen man meistens nicht zu erkennen vermag, was sie vorstellen sollen. Es beginnt nun ein heimliches Geflüster zwischen Vater und uns, und es gelingt uns, Vater einige kleine Weihnachtsüberraschungen verraten zu lassen, die unsere Freude am Weihnachtsabend keineswegs verringern.

Gertrud Storm

Weihnachten bei Theodor Storm

Unser Vater war ein echter, rechter Weihnachtsmann, er wusste jedes Fest erst recht zu einem Feste zu gestalten. Den ganzen Zauber der Weihnacht zu übertragen. Und so feiern auch wir, seine Kinder, unsere Weihnachtsfeste ganz im Sinne unseres Vaters. Der Weihnachtsbaum wird genauso geschmückt, wie er einst von ihm geschmückt wurde, die Kuchen nach den althergebrachten Familienrezepten gebacken, wie sie schon sein Kinderherz entzückten. Wenn das alte liebe Weihnachtsfest wieder naht und ich mich in eine rechte Weihnachtsstimmung versetzen will, setze ich mich in der Dämmerung in einen tiefen Lehnstuhl. Von draußen wirft die Laterne traulich ein mattes Licht durch die Fenster. Ich schließe die Augen und bald bin ich daheim in unserm großen, alten Hause in Husum in der Wasserreihe. Meine Geschwister und ich, wir sind wieder Kinder.

Es wird wieder einmal Weihnachten und wir Kinder leben in goldenen Träumen, bis das im Leben so seltene Wunder eintritt, dass diese Träume in dem brennenden Weihnachtsbaum verkörpert vor uns stehen. Draußen auf den stillen Wegen des Gartens, den Sträuchern und alten Bäumen, liegt glitzernder Schnee. Im ganzen Hause duftet es nach Tannen und braunen Weihnachtskuchen. Feststimmung guckt schon aus allen Ecken, wie eine Ahnung vom Weihnachtsabend.

Es weihnachtet sehr – die Heimlichkeiten wachsen mit jedem Tag. Vater schließt sich immer häufiger in seiner Studierstube ein, und wir Kinder, die wir um die Zeit der heiligen Weihnacht gerne an den Türen lauschen, hören ihn die Tür des Nussbaumschrankes öffnen und leise wieder schließen. Dieser Nussbaumschrank birgt in seinem Innern alle Geheimnisse und Wunder fürs Weihnachtsfest. In einem unbewachten Augenblick treten wir doch ins Zimmer.

Vater schließt schnell den Schrank, dann nimmt er uns in seine Arme, macht ein geheimnisvolles Gesicht, sieht uns innig an und sagt mit leiser Stimme nur das eine Wort „Weihnachten“.

MB

13

Weihnachten

Markt und Straßen stehn verlassen,
still erleuchtet jedes Haus,
sinnend geh ich durch die Gassen,
alles sieht so festlich aus.

An den Fenstern haben Frauen
buntes Spielzeug fromm geschmückt,
tausend Kindlein stehn und schauen,
sind so wunderstill beglückt.

Und ich wandre aus den Mauern
bis hinaus ins freie Feld,
hehres Glänzen, heil'ges Schauern!
Wie so weit und still die Welt!

Sterne hoch die Kreise schlingen,
aus des Schnees Einsamkeit
steigt's wie wunderbares Singen –
o du gnadenreiche Zeit!

Joseph von Eichendorff

Weihnachten

Weißer Flöckchen Schwebefall,
stille Klarheit überall,
Glockenklang und Schellenklingen,
Mäulchen, die vom Christkind singen,
Flammen, die von grünen Zweigen
gläubig, strahlend aufwärtssteigen,
und im tiefsten Herzen drinnen
ein Erinnern, ein Besinnen ...
Neige dich, mein Herz, und bete,
dass das Christkind zu dir trete,
auch in deiner Schwachheit Gründen
eine Flamme zu entzünden,
die das Ringen deiner Tage
gläubig strahlend aufwärts trage.

Anna Ritter

MB

14

„Macht nichts", sagte Eidel. „Gib sie mir." Er holte ein Goldstück aus der Schublade und die arme Kleine traute ihren Augen kaum und glaubte, er wolle sich über sie lustig machen. Die Kinder gaben ihr ein Stück von der Ente ab, die Mutter reichte ihr eine Schüssel mit heißer Suppe und selbst der Hund war freundlich und leckte ihr die vor Kälte geröteten Hände. Da freute sich das Kind, dankte und kehrte frohgemut heim.
Eidel warf die zwei Tannen in eine Ecke und setzte sich zu Tisch. Das Essen war vortrefflich, die Ente zart und der Wein kühl. Dann gingen sie zu Bett.
Am anderen Morgen, am Weihnachtstag, kehrte Frau Eidel das Haus und stellte die zwei Tannen auf die Straße. Die Kinder, die im Schnee spielten, während sie auf die Stunde des Kirchgangs warteten, nahmen die zwei Stämmchen, ahmten ihren Vater nach und pflanzten sie hinter der Kirche, die der Heiligen Aurelia geweiht war. Die Glocken läuteten. Die Leute nahmen in der Kirche Platz. Eidel saß in seinem schönen Mantel in der vordersten Reihe und dankte Gott für seine Familie.
Als die Messe gelesen war und die Kirche sich leerte, schrien die Leute auf dem Vorplatz verwundert auf. Zwei Tannen reckten sich so hoch wie der Kirchturm in die Wolken. Eine Taube erhob sich aus einem Kirchenfenster, flog auf jede Tanne und schlug dreimal mit den Flügeln, dann kehrte sie in ihr Kirchenfenster zurück.

Märchen aus dem Elsass

Die Tannen der Heiligen Aurelia

Am Heiligen Abend ging ein armes Kind von Tür zu Tür, klopfte an und sagte: „Wollt ihr meine zwei Tannen kaufen? Ihr könnt goldene Kugeln und Papiersterne daranhängen und die Kinder werden ihre Freude daran haben." Aber in jedem Haus hieß es: „Es ist zu spät, Kleine, die Weihnachtsbäume sind schon längst gekauft. Komm nächstes Jahr wieder."

Das Kind war verzweifelt, denn es gab kein Brot daheim. Nach vielen Bitten und ebenso vielen ausweichenden oder harten Antworten kam es zum Haus von Eidel, dem Gärtner. Hat man schon jemals gesehen, dass man demjenigen Tannen zu verkaufen versucht, dessen Aufgabe es ist, sie anzupflanzen? Das arme unschuldige Kind klopfte und Eidel rief: „Wer klopft zu dieser Stunde?"

Das Kind wagte nicht zu antworten.

„Wer klopft an meine Tür, wo ich meine Ruhe haben will?", sagte Eidel und seine Stiefel knallten auf dem Boden. Er öffnete die Türe und der bescheidene Bittsteller sah einen riesigen glänzenden Baum, der mit Reichtümern überladen war und sein Licht bis auf die Straße warf. Drei Kinder saßen um ein Feuer herum und betrachteten die Weihnachtsente, die da in ihrem Safte schwamm.

„Was willst du, Kleine, du bist wohl ein Grünschnabel mit deinen zwei verkümmerten Tännchen."

Das Kind wurde traurig und schwieg, denn es verstand, dass seine letzte Hoffnung dahingeschwunden war.

„Die Kälte kommt herein", sagte der Gärtner. „Sag, was du zu sagen hast, oder ich schlage dir die Tür vor der Nase zu." Er hatte einen schroffen Ton, war aber eigentlich ein guter Mann. Er betrachtete die Kleine im Alter seiner Kinder, die da mit nackten Füßen im Schnee stand und nicht wagte, aufzuschauen, und er dachte, dass vielleicht die Seinen nach seinem Tode des Abends im Schnee stehen und bei anderen betteln müssten. Mit leiser Stimme sagte er: „Was willst du? Ich gebe dir, was ich kann."

„Ich will meine zwei Weihnachtsbäume verkaufen, aber der eure ist ja viel schöner."

MB

15

Weihnachten! – Welch ein prächtiges Wort! – Immer höher türmt sich der Schnee in den Straßen; immer länger werden die Eiszapfen an den Dachtraufen; immer schwerer tauen am Morgen die gefrorenen Fensterscheiben auf! Ach, in vielen armen Wohnungen tun sie es gar nicht mehr. – Hinter den meisten Fenstern lugen erwartungsvolle Kindergesichter hervor; da und dort liegt auf der weißen Decke des Pflasters ein verlorner Tannenzweig. Es wird viel Goldschaum verkauft, und bedeckte Platten von Eisenblech, die vorbeigetragen werden, verbreiten einen wundervollen Duft.

Wilhelm Raabe

Christkind

Die Nacht vor dem Heiligen Abend,
da liegen die Kinder im Traum;
sie träumen von schönen Sachen
und von dem Weihnachtsbaum.
Und während sie schlafen und träumen,
wird es am Himmel klar,
und durch den Himmel fliegen
drei Engel wunderbar.
Sie tragen ein holdes Kindlein,
das ist der Heil'ge Christ;
es ist so fromm und freundlich,
wie keins auf Erden ist.
Und wie es durch den Himmel
still über die Häuser fliegt,
schaut es in jedes Bettchen,
wo nur ein Kindlein liegt,
und freut sich über alle,
die fromm und freundlich sind;
denn solche liebt von Herzen
das liebe Himmelskind.
Wird sie auch reich bedenken
mit Lust aufs Allerbest
und wird sie schön beschenken
zum lieben Weihnachtsfest.
Heut schlafen noch die Kinder
und sehn es nur im Traum,
doch morgen tanzen und springen
sie um den Weihnachtsbaum.

Robert Reinick

16

dem großen Tannenbaum abgeschnitten worden war. Die Mäusekinder quiekten vor Entzücken und fingen an, an dem grünen Tannenholz zu knabbern; das schmeckte aber abscheulich nach Terpentin, und sie ließen es sein und kletterten lieber in dem Ast umher. Schließlich machten sie die ganze Speisekammer zu ihrem Spielplatz, bis das kleinste ins Pflaumenmus fiel und von Mama Miek und Onkel Grisegrau abgeleckt werden musste. Das Umhertollen wurde untersagt, und sie mussten wieder artig vom Pfefferkuchen naschen. Am andern Morgen fand die alte Köchin kopfschüttelnd den Tannenast in der Speisekammer und viele Krümel und noch etwas, was nicht in die Speisekammer gehört, ihr werdet euch schon denken können, was! Als Gottlieb und Lenchen in die Küche kamen, um der alten Marie Guten Morgen zu wünschen, zeigte sie ihnen die Bescherung und meinte: „Die haben auch tüchtig Weihnachten gefeiert." Die Kinder aber tuschelten und lachten und holten einen Blumentopf. Sie pflanzten den Ast hinein und schmückten ihn mit Zuckerwerk, aufgeknackten Nüssen, Honigkuchen und Speckstückchen. Die alte Marie brummte; da aber die Mutter lachend zuguckte, musste sie klein beigeben. Sie stellte alles andre sicher und ließ den kleinen Naschtieren nur ihren Weihnachtsbaum. Die Kinder aber jubelten, als sie am zweiten Feiertag den Mäusebaum geplündert vorfanden.
Die Mäusefamilie lag währenddessen unter der Diele und verdaute. „Den guten Speck vergess ich meinen Lebtag nicht", sagte Fellchen, und Grisegrau biss eine mitgebrachte Haselnuss entzwei; Kiek und Miek aber waren besorgt um ihre Kleinen, die hatten zu viel Pfefferkuchen gegessen und davon ganz schöne Bauchschmerzen bekommen!

Paula Dehmel

Weihnachten in der Speisekammer

Unter der Türschwelle war ein kleines Loch. Dahinter saß die Maus Kiek und wartete.

Sie wartete, bis der Hausherr die Stiefel aus- und die Uhr aufgezogen hatte; sie wartete, bis die Mutter ihr Schlüsselkörbchen auf den Nachttisch gestellt und die schlafenden Kinder noch einmal zugedeckt hatte; sie wartete auch noch, als alles dunkel war und tiefe Stille im Haus herrschte. Dann zog sie los.

Bald wurde es in der Speisekammer lebendig. Kiek hatte die ganze Mäusefamilie benachrichtigt. Da kam Miek die Mäusemutter mit den fünf Kleinen, und Onkel Grisegrau und Tante Fellchen waren auch dabei.

„Hier ist etwas Weiches, Süßes", sagte Kiek leise vom obersten Brett herunter zu Miek, „das ist etwas für die Kinder", und er teilte von den Mohnklößen aus. „Komm hierher, Grisegrau", piepste Fellchen und guckte hinter der Mehltonne vor, „hier gibt's Gänsebraten, vorzüglich, sag ich dir, so knusprig wie eine Nuss." Grisegrau aber knabberte am Pfefferkuchen und ließ sich nicht stören. Die Mäusekinder balgten sich im Sandkasten und kriegten Mohnklöße. „Papa", sagte das größte, „meine Zähne sind schon scharf genug, ich möchte lieber knabbern, knabbern hört sich so hübsch an." „Ja, ja, wir wollen auch lieber knabbern", sagten alle Mäusekinder. „Die Klöße sind uns zu matschig", und bald hörte man sie am Gänsebraten und am Pfefferkuchen nagen. „Verderbt euch nicht den Magen", rief Fellchen, die Angst hatte, selber nicht genug zu kriegen. „An einem verdorbenen Magen kann man sterben." Die kleinen Mäuse sahen ihre Tante erschrocken an; sterben wollten sie ganz und gar nicht. Vater Kiek beruhigte sie und erzählte ihnen von Gottlieb und Lenchen, die drinnen in ihren Betten lägen und ein hölzernes Pferdchen und eine Puppe im Arm hätten; und dass in der großen Stube ein mächtiger Baum stünde mit Lichtern und buntem Flimmer und dass es in der ganzen Wohnung herrlich nach frischem Kuchen röche, der aber im Glasschrank stünde und an den man nicht herankönnte. Bald bestanden sie darauf, auch einen Weihnachtsbaum zu haben, und die zärtlichen Mäuseeltern liefen wirklich in die Küche und zerrten einen Ast herbei, der von

MB

17

Ich sprach: „O lieber Herre Christ,
meine Reise fast zu Ende ist;
ich soll nur noch in diese Stadt,
wo's eitel gute Kinder hat."

„Hast denn das Säcklein auch bei dir?"
Ich sprach: „Das Säcklein, das ist hier:
Denn Äpfel, Nuss und Mandelkern
essen fromme Kinder gern."

„Hast denn die Rute auch bei dir?"
Ich sprach: „Die Rute, die ist hier;
doch für die Kinder nur, die schlechten,
die trifft sie auf den Teil, den rechten."
Christkindlein sprach: „So ist es recht;
so geh mit Gott, mein treuer Knecht!"

Von drauß vom Walde komm ich her;
ich muss euch sagen, es weihnachtet sehr!
Nun sprecht, wie ich's hierinnen find!
Sind's gute Kind, sind's böse Kind?

So nehmet denn Christkindleins Gruß,
Kuchen und Äpfel, Äpfel und Nuss;
probiert einmal von seinen Gaben,
morgen sollt ihr was Besseres haben.
Dann kommt mit seinem Kerzenschein
Christkindlein selber zu euch herein.
Heut hält es noch am Himmel Wacht;
nun schlafet sanft, habt gute Nacht.

Theodor Storm

Knecht Ruprecht

Von drauß vom Walde komm ich her;
ich muss euch sagen, es weihnachtet sehr!
Allüberall auf den Tannenspitzen
sah ich goldene Lichtlein sitzen;
und droben aus dem Himmelstor
sah mit großen Augen das Christkind hervor;
und wie ich so strolcht durch den finstern Tann,
da rief's mich mit heller Stimme an:

„Knecht Ruprecht", rief es, „alter Gesell,
hebe die Beine und spute dich schnell!
Die Kerzen fangen zu brennen an,
das Himmelstor ist aufgetan,
Alt und Junge sollen nun
von der Jagd des Lebens einmal ruhn;
und morgen flieg ich hinab zur Erden,
denn es soll wieder Weihnachten werden!"

MB

18

Oh heil'ges Kind, wir grüßen dich
mit Harfenklang
und Lobgesang.
Du liegst in Ruh, du heilig Kind;
wir halten Wacht
in dunkler Nacht.
O Heil dem Haus, in das du kehrst!
Es wird beglückt
und hoch entzückt!

Als die Kinder das hörten, befiel sie eine freudige Angst; sie traten ans Fenster, um zu schauen, was draußen geschähe. Da sahen sie im Osten das Morgenrot glühen und vor dem Hause viele Kinder stehen, die goldene Harfen in den Händen hatten und mit silbernen Kleidern angetan waren. Erstaunt und verwundert ob dieser Erscheinung starrten sie zum Fenster hinaus. Da berührte sie ein leiser Schlag, und als sie sich umwandten, sahen sie das fremde Kind vor sich stehen. Das hatte ein Kleid an von funkelndem Gold und auf dem Haupte eine Krone und sprach zu ihnen: „Ich bin das Christkindlein, das in der Welt umherwandelt, um frommen Kindern Glück und Freude zu bringen. Ihr habt mich beherbergt diese Nacht, indem ihr mich für ein armes Kind hieltet, und ihr sollt nun meinen Segen haben." – Da ging es mit den Kindern hinaus, brach ein Reislein von einem Tannenbaum, der am Hause stand, pflanzte es in den Boden und sprach: „Das Reislein soll zum Baume werden und soll euch alljährlich Früchte bringen." Und alsbald verschwand es mit den Engeln. Das Tannenreis aber schoss empor und ward zum Weihnachtsbaum; der aber war behangen mit goldenen Äpfeln und Silbernüssen und blühte alle Jahre einmal.

Franz von Pocci

Weihnachtsmärchen

In einem Häuschen am Eingang eines Waldes lebte ein armer Tagelöhner, der sich mit Holzhauen mühsam sein Brot verdiente. Er hatte eine Frau und zwei Kinder, ein Knäblein und ein Mägdlein. Das Knäblein hieß Valentin und das Mädchen Marie, und sie waren gehorsam und fromm zu der Eltern Freude und halfen ihnen fleißig bei der Arbeit.

Als die guten Leute eines Winterabends, da es draußen schneite und wehte, zusammensaßen, da pochte es leise an das Fenster, und ein feines Stimmchen rief draußen: „O lasst mich ein in euer Haus! Ich bin ein armes Kind und habe nichts zu essen und kein Obdach und meine, schier vor Hunger und Frost umzukommen. O lasst mich ein!"

Da sprangen Valentin und Mariechen vom Tisch auf, öffneten die Türe und sagten: „Komm herein, armes Kind, wir haben selber nicht viel, aber doch immer mehr als du, und was wir haben, das wollen wir gern mit dir teilen." Das fremde Kind trat ein und erwärmte sich am Ofen die erstarrten Glieder, und die Kinder gaben ihm zu essen, was sie hatten, und sagten: „Du wirst wohl müde sein. Komm, leg dich in unser Bettchen, wir wollen auf der Bank schlafen."

Da sagte das fremde Kind: „Dank es euch mein Vater im Himmel."

Sie führten den kleinen Gast in ihr Kämmerlein, legten ihn zu Bett, deckten ihn zu und dachten sich: „O wie gut haben wir es doch! Wir haben unsere warme Stube und unser Bettchen; das arme Kind aber hat gar nichts als den Himmel zum Dach und die Erde zum Lager."

Als nun die Eltern zur Ruhe gingen, legten sich Valentin und Marie auf die Bank beim Ofen und sagten zueinander: „Das fremde Kind wird sich nun freuen, dass es warm liegt. Gute Nacht!"

Die Kinder aber hatten kaum einige Stunden geschlafen, da erwachte die kleine Marie und weckte leise ihren Bruder und sagte: „Valentin, wach auf, wach auf! Hör doch mal die schöne Musik vor unserem Fenster!" Da rieb sich Valentin die Augen und lauschte. Es war ein wunderbares Klingen und Singen, das sich vor dem Hause vernehmen ließ. Und ganz deutlich hörten sie die Worte:

MB

19

Schöne Fraun mit kluger Miene
winken süßgeheimnisvoll,
und dazwischen Harlekine
springen, lachen, lustigtoll.

Ferne grüßen Marmorgötter,
traumhaft neben ihnen stehn
Märchenblumen, deren Blätter
in dem Mondenlichte wehn.

Wackelnd kommt herbeigeschwommen
manches alte Zauberschloss;
hintendrein geritten kommen
blanke Ritter, Knappentross.

Und das alles zieht vorüber,
schattenhastig übereilt –
ach! da kocht der Kessel über
und das nasse Kätzchen heult.

Heinrich Heine

Altes Kaminstück

Draußen ziehen weiße Flocken
durch die Nacht, der Sturm ist laut;
hier im Stübchen ist es trocken,
warm und einsam, stillvertraut.

Sinnend sitz ich auf dem Sessel,
an dem knisternden Kamin,
kochend summt der Wasserkessel
längst verklungne Melodien.

Und ein Kätzchen sitzt daneben,
wärmt die Pfötchen an der Glut;
und die Flammen schweben, weben,
wundersam wird mir zumut.

Dämmernd kommt heraufgestiegen
manche längst vergessne Zeit
wie mit bunten Maskenzügen
und verblichner Herrlichkeit.

20

Und ich werde an Weihnachten nach Hause kommen.
Wir alle tun das oder sollten es tun.
Wir alle kommen heim oder sollten heimkommen,
für eine kurze Rast – je länger, desto besser –,
um Ruhe aufzunehmen und zu geben.

Charles Dickens

Weihnachtsfreuden

Am glänzendsten aber sind die Abendstunden, in welchen diese breite Straße von vielen tausend Lichtern aus den Buden von beiden Seiten erleuchtet wird, dass fast eine Tageshelle sich verbreitet, die nur hie und da durch das Gedränge der Menschen sich scheinbar verdunkelt.

Alle Stände wogen fröhlich und laut schwatzend durcheinander. Hier trägt ein bejahrter Bürgersmann sein Kind auf dem Arm und zeigt und erklärt dem laut jubelnden Knaben alle Herrlichkeiten. Eine Mutter erhebt dort die kleine Tochter, dass sie sich in der Nähe der leuchtenden Puppen, deren Hände und Gesichter von Wachs die Natur anmutig nachahmen, näher betrachten könne. Ein Kavalier führt die geschmückte Dame, der Geschäftsmann lässt sich gern von dem Getöse und Gewirr betäuben und vergisst seiner Akten, ja selbst der jüngere und ältere Bettler erfreut sich dieser öffentlichen, allen zugänglichen Maskerade und sieht ohne Neid die ausgelegten Schätze und die Freude und Lust der Kinder, von denen auch die geringsten die Hoffnung haben, dass irgendetwas für sie aus der vollen Schatzkammer in die kleine Stube getragen werde.

So wandeln denn Tausende scherzend mit Plänen zu kaufen, erzählend, lachend, schreiend an den süß duftenden mannigfaltigen Zucker- und Marzipangebäcken vorüber, wo Früchte in reizender Nachahmung, Figuren aller Art, Tiere und Menschen, alles in hellen Farben strahlend, die Lüsternen anlacht.

Ludwig Tieck

MB

21

Fröhlich soll mein Herze springen
dieser Zeit,
da vor Freud
alle Engel singen.

Paul Gerhardt

Die vier Kerzen

Vier Kerzen brannten am Adventskranz. Es war ganz still. So still, dass man die Kerzen reden hörte.

Die erste Kerze seufzte: „Ich heiße Frieden. Ich möchte für die Menschen leuchten. Aber mein Licht hat keine Kraft mehr. Die Menschen halten keinen Frieden. Es scheint, als wollten sie mich nicht.“ Ihr Licht wurde immer kleiner und erlosch.

Die zweite Kerze flackerte auf und sagte: „Ich heiße Glauben. Ich möchte für die Menschen leuchten. Aber es ist, als ob ich überflüssig geworden wäre. Die Menschen fragen nicht mehr nach mir. Es hat keinen Sinn mehr, dass ich brenne.“

Ein Luftzug wehte durch den Raum und die zweite Kerze erlosch.

Leise und traurig meldete sich nun die dritte Kerze zu Wort: „Ich heiße Liebe. Ich möchte für die Menschen leuchten. Aber auch meine Kraft schwindet dahin. Die Menschen stellen mich auf die Seite. Sie sehen nur sich selbst, nicht die andern. Für die Liebe haben sie immer weniger Zeit und Platz. So muss mein Licht ersticken.“

Und mit einem letzten Aufflackern erlosch auch das dritte Licht.

Da kam ein Kind in den Raum. Es sah die Kerzen und erschrak: „Aber warum brennt ihr denn nicht mehr? Ihr solltet doch leuchten!“ Das Kind wurde sehr traurig. Da tanzte der Lichtschein der vierten Kerze, und sie sprach: „Hab keine Angst und sei nicht traurig. Mein Licht brennt noch für die Menschen. Solange ich brenne, können wir auch die andern drei Kerzen wieder anzünden. Denn ich heiße Hoffnung.“

Da nahm das Kind Licht von dieser Kerze und zündete die andern wieder an.

Volksgut

MB

22

über ein Buch hinweg auf die liebe Mama,
auf die Kinderfreude und auf den Baum.
– Und die liebste Mama? – Sie saß am Klavier.
Es war so schön, was sie spielte und sang,
ein Weihnachtslied, das zu Herzen drang.
Lautlos horchten die andern vier.
Der Kuckuck trat vor aus der Schwarzwälderuhr,
als ob auch ihm die Weise gefiel. –
Leise, ergreifend verhallte das Spiel.
Das Eis an den Fensterscheiben taute
und der Tannenbaum schaute
durchs Fenster die Linde
da draußen, kahl und beschneit
mit ihrer geborstenen Rinde.
Da dachte er an verflossene Zeit
und an eine andere Linde,
die am Waldesrand
einst neben ihm stand,
sie hatten in guten und schlechten Tagen
einander immer so liebgehabt.
Dann wurde die Tanne abgeschlagen,
zusammengebunden und fortgetragen.
Die Linde, die Freundin, die ließ man stehn.
Auf Wiedersehn! Auf Wiedersehn!
So hatte sie damals gewinkt noch zuletzt. –
Ja daran dachte der Weihnachtsbaum jetzt
und keiner sah es, wie traurig dann
ein Tröpfchen Harz, eine stille Träne,
aus seinem Stamme zu Boden rann.

Joachim Ringelnatz

Der Weihnachtsbaum

Es ist eine Kälte, dass Gott erbarm!,
klagte die alte Linde,
bog sich knarrend im Winde
und klopfte leise mit knorrigem Arm
im Flockentreiben
an die Fensterscheiben.
Es ist eine Kälte, dass Gott erbarm!
Drinnen im Zimmer war's warm.
Da tanzte der Feuerschein so nett
auf dem weißen Kachelofen Ballett.
Zwei Bratäpfel in der Röhre belauschten,
wie die glühenden Kohlen,
behaglich verstohlen,
Kobold- und Geistergeschichten tauschten.
Dicht am Fenster im kleinen Raum,
da stand, behangen mit süßem Konfekt,
vergoldeten Nüssen und mit Lichtern besteckt,
der Weihnachtsbaum.
Und sie brannten alle, die vielen Lichter,
aber noch heller strahlten am Tisch
(es lässt sich wohl denken
bei den vielen Geschenken)
drei blühende, glühende Kindergesichter. –
Das war ein Geflimmer
im Kerzenschimmer!
Es lag ein so lieblicher Duft in der Luft
nach Nadelwald, Äpfeln und heißem Wachs.
Im Schaukelstuhl lehnte der Herzenspapa
auf dem nagelneuen Kissen und sah

MB
MB

23

Jeder Tag in unserem Leben
sollte ein Weihnachtstag sein,
wo wir Frieden und Freude
empfangen und austeilen.

Theodor Storm

Die Geschichte vom Weihnachtsengel

In der Heiligen Nacht, als im Stall von Bethlehem das Christkind zur Welt gekommen war, standen viele Engel um die Krippe. Sie beteten das Kind an und sangen ihm Lieder, um es zu begrüßen. Ein winziges Engelchen war auch mitgekommen, obwohl es der liebe Gott eigentlich nicht mit auf die Erde schicken wollte. Aber es hatte so sehr gebettelt, dass es zu guter Letzt doch mitdurfte. Das Englein stand ganz andächtig vor der Krippe und als es das Jesuskind sah, das da so armselig im Heu und Stroh lag statt in einem weichen Bettchen, da wurde es ganz traurig.
Es überlegte hin und her, was es tun könnte, um es dem Kind ein bisschen bequemer zu machen. Ganz schüchtern sagte es zu ihm: „Ach, liebes Jesuskind, ich möchte dir so gern eine Freude machen, aber mir fällt überhaupt nichts ein. Das heißt ... ich könnte mich höchstens zu dir in die Krippe legen. Das geht ganz gut, weil ich doch noch so klein bin. Auf meinem einen Flügel würdest du ganz warm und weich liegen und mit dem anderen würde ich dich zudecken."
Das Jesuskind lächelte es liebevoll an und das Engelchen legte sich zu ihm in die Krippe und hielt es warm. Ja, und seit dieser Zeit hat der liebe Gott gerade dieses Englein zum Schutzengel aller Babys gemacht, die in der Heiligen Nacht zur Welt kommen, und so ist es geblieben bis auf den heutigen Tag.

Annemarie Wagner

24

Schenken

Schenke groß oder klein,
aber immer gediegen.
Wenn die Bedachten die Gaben wiegen,
sei dein Gewissen rein.
Schenke herzlich und frei.
Schenke dabei, was in dir wohnt
an Meinung, Geschmack und Humor,
sodass die eigene Freude zuvor
dich reichlich belohnt.
Schenke mit Geist ohne List.
Sei eingedenk,
dass dein Geschenk
du selber bist.

Joachim Ringelnatz

Die Legende vom Strohstern

Als die Hirten auf den Feldern Bethlehems von der Geburt des Kindes gehört hatten, machten sie sich gleich auf den Weg, um es zu sehen. Auf dem Heimweg überlegten sie, was sie dem Kind bei ihrem nächsten Besuch schenken wollten: frische Schafsmilch, Mehl, Fett und ein warmes Fell.

Nathaniel, der kleinste Hirtenjunge, hatte nichts zum Verschenken. Das machte ihn traurig. Als er auf seinem Strohbündel lag, konnte er lange nicht einschlafen. Immer musste er an das Kind im Stall denken. Von draußen leuchtete hell der Weihnachtsstern auf sein Lager und tauchte die einzelnen Strohhalme in sein warmes Licht. Da wusste Nathaniel plötzlich, was er dem Kind schenken konnte: einen Stern aus Stroh!

Leise, um die anderen nicht zu wecken, stand er auf. Mit einem Messer schnitt er ein paar Halme zurecht und bildete mit ihnen einen Stern. Mit einem Wollfaden band er sie zusammen.

Am nächsten Tag, als die Hirten gemeinsam aufbrachen, trug Nathaniel den kleinen Stern aus Stroh vorsichtig in seinen Händen. Er wartete, bis die anderen ihre Geschenke dem Kind in die Krippe gelegt hatten. Dann trat er zu dem Kind und hielt ihm mit zitternden Händen seinen Strohstern hin.

Das Kind hielt den Stern fest und lächelte ihn an. Da wurde auch Nathaniel sehr froh.

Volksgut

Die Weihnachtsgeschichte

Vor vielen, vielen Jahren lebte in der kleinen Stadt Nazareth ein Zimmermann namens Josef mit seiner Frau Maria.
Eines Tages erschien Maria ein Engel, der sprach zu ihr: „Fürchte dich nicht, Maria. Du wirst Gottes Sohn zur Welt bringen, den sollst du Jesus nennen."
Als die Zeit der Geburt nah war, machten sich Maria und Josef mit ihrem Esel auf den Weg von Nazareth nach Bethlehem. Denn Kaiser Augustus wollte wissen, wie viele Menschen in seinem Reich lebten. Und dazu musste jeder in seine Geburtsstadt gehen.
Josef war in Bethlehem geboren, und so zog er mit seiner Frau dorthin, um sich in eine Liste eintragen zu lassen.
Der Weg nach Bethlehem war weit. Und für Maria war die Reise sehr anstrengend. Josef taten die Füße weh von dem langen Marsch.
Am Abend erreichten Maria und Josef endlich die Stadt. Jetzt mussten sie nur noch ein Zimmer für die Nacht finden. Sie gingen von Haus zu Haus und klopften an jede Tür. Doch die Menschen waren sehr unfreundlich zu ihnen. Niemand wollte sie hineinlassen.
Maria wurde immer trauriger. Sie spürte, dass sie schon bald ihr Kind bekommen würde. Wo sollte sie es zur Welt bringen, wenn sie keine Unterkunft fanden?
Schließlich zeigte ihnen ein Mann einen Stall neben seinem Haus, in dem ein Ochse und ein Esel standen. Dort schlüpften sie unter. Nun hatten sie wenigstens ein Dach über dem Kopf und die Tiere wärmten sie.
In der Nacht gebar Maria ihren Sohn, den sie Jesus nannte. Sie wickelte ihn in Windeln und legte ihn in eine Krippe.
Draußen auf dem Feld bei der Stadt hüteten Hirten ihre Schafe.

Da geschah etwas Sonderbares. Ein Engel erschien und sprach zu ihnen: „Steht auf! Ich verkünde euch eine große Freude. Heute ist in der Stadt Bethlehem Gottes Sohn geboren, der die ganze Welt erlösen wird. Geht hin und ihr werdet ein Kind in einer Krippe finden!"
Und plötzlich war bei dem Engel ein großes himmlisches Heer, das Gott lobte und sprach: „Ehre sei Gott in der Höhe und Friede auf Erden bei den Menschen."
Die Hirten machten sich sofort auf den Weg.
Als sie in die Stadt kamen, fanden sie Maria und Josef und das Kind. Die Hirten freuten sich sehr, als sie das Kind sahen, und beteten es an.
Dann erzählten sie, was der Engel auf dem Feld zu ihnen gesagt hatte: „Dieses Kind ist ein Geschenk Gottes und ein Zeichen seiner Liebe zu den Menschen. Es wird große Freude in die Welt bringen."
Maria aber bewahrte alles, was geschehen war, in ihrem Herzen und dachte darüber nach.
Dann kehrten die Hirten wieder zurück auf das Feld zu ihren Schafen. Sie lobten Gott für alles, was sie gehört und gesehen hatten. Denn alles war so, wie der Engel es ihnen gesagt hatte.
In derselben Nacht sahen drei weise Männer im Morgenland einen hellen Stern am Himmel aufgehen. Er sagte ihnen die Geburt eines Königs voraus.
Die drei Könige folgten dem Stern bis nach Bethlehem. Der Stern zog vor ihnen her, bis er über dem Stall, in dem das Kind lag, stehen blieb.
Die drei Könige gingen in den Stall und fanden dort das Kind Jesus. Sie knieten vor ihm nieder, schenkten ihm Gold, Weihrauch und Myrrhe und dankten Gott dafür, dass der Heiland der Welt geboren war.

Nacherzählt von Nicola Dröge

Christnacht

Wieder mit Flügeln, aus Sternen gewoben,
senkst du herab dich, o Heilige Nacht.
Was durch Jahrhunderte alles zerstoben –
du noch bewahrst deine leuchtende Pracht!

Ging auch der Welt schon der Heiland verloren,
der sich dem Dunkel der Zeiten entrang,
wird er doch immer aufs Neue geboren,
nahst du, Geweihte, dem irdischen Drang.

Und so klingt heut noch das Wort von der Lippe,
das einst in Bethlehem preisend erklang,
strahlet noch immer die liebliche Krippe –
tönt aus der Ferne der Hirten Gesang ...

Was auch im Sturme der Zeiten zerstoben –
senke herab dich in ewiger Pracht,
Leuchtende du, aus Sternen gewoben,
frohe, harzduftende Heilige Nacht!

Ferdinand von Saar

Die Weihe der Nacht

Nächtliche Stille!
Heilige Fülle,
wie von göttlichem Segen schwer,
säuselt aus ewiger Ferne daher.
Was da lebte,
was aus engem Kreise
auf ins Weitste strebte,

sanft und leise
sank es in sich selbst zurück
und quillt auf in unbewusstem Glück.

Und von allen Sternen nieder
strömt ein wunderbarer Segen,
dass die müden Kräfte wieder
sich in neuer Frische regen,
und aus seinen Finsternissen
tritt der Herr, so weit er kann,
und die Fäden, die zerrissen,
knüpft er alle wieder an.

Friedrich Hebbel

Asinello und der König der Welt

Eine alte Legende erzählt, dass ein Esel namens Asinello die Weissagung erhalten hat, dass er auf seinem Rücken einmal den Herrn der Welt tragen würde. Von dieser Stunde an war der Esel stolz wegen dieser Ehre und blickte hochmütig auf den Ochsen und die Schafe herab, die sonst noch in seinem Stall hausten. Ungeduldig wartete er jeden Tag auf das große Ereignis, doch nichts geschah, außer dass er einmal den Bürgermeister von Betlehem nach Jerusalem tragen und gerade von diesem Mann viele Schläge einstecken musste, weil er es sehr eilig hatte. Selbst Asinello konnte es nicht glauben, dass das der Herr der Welt gewesen sein sollte.
Die Jahre vergingen. Asinello wurde alt und grau. Sosehr er sich auch sehnte, es kam kein König, der auf ihm reiten wollte. Ganz im Gegenteil: Alles mögliche Gesindel fand in seinem Stall Unterschlupf, weil dieser direkt auf dem Weg nach Jerusalem lag.
In einer Winternacht hatte wieder ein junges Paar in seinem Stall Unterschlupf gefunden. Man sah den Leuten an, dass sie arm waren und nichts hatten. In dieser Nacht gebar die Frau ein Kind in seinem Stall. Hirten kamen von überall her und brachten dem Kind Geschenke. Asinello konnte das nicht verstehen. Die Leute mit dem Kind waren doch ganz unbedeutend, das musste jeder sofort sehen. Dann schien Asinellos großer Augenblick gekommen. Drei prächtig gekleidete Männer aus dem Morgenland, anscheinend auf der Durchreise nach Jerusalem, blieben vor dem Stall stehen und kamen herein. Auch sie brachten dem Kind Geschenke. Sosehr sich Asinello bemühte aufzufallen, keiner der Männer beachtete ihn, und es fiel ihnen schon gar nicht ein, eines ihrer Kamele mit Asinello zu vertauschen.
Noch in derselben Nacht, es war dunkel und kalt, wollte die Familie plötzlich aufbrechen. Asinello drückte sich tief in seinen Heuhaufen, damit das Gesindel nicht auf die Idee käme, ihn als Lasttier oder gar als Reittier zu benützen. Doch all das half nichts. Asinello wurde vom Vater des Kindes mit kräftiger Hand aus dem

MB

Weihnachten!
Das sind Festtage, die mir in
freundlichem Schimmer lange entgegenleuchten.
Ich kann es nicht erwarten –
ich bin besser, kindlicher als das ganze Jahr über,
keinen finsteren, gehässigen Gedanken
nährt die der wahren Himmelsfreude geöffnete Brust;
ich bin wieder ein vor Lust jauchzender Knabe.
Aus dem bunten vergoldeten Schnitzwerk
in den lichten Christbuden lachen mich
holde Engelgesichter an und durch
das lärmende Gewühl auf den Straßen gehen,
wie aus weiter Ferne kommend,
heilige Orgelklänge:
„Denn es ist uns ein Kind geboren!"

E.T.A. Hoffmann